Die deutsche Ausgabe erscheint bei:
Parragon Books Ltd
Chartist House
15–17 Trim Street
Bath BA1 1HA, UK
www.parragon.com

Realisation der deutschen Ausgabe: trans texas publishing, Köln

Printed in Poland

Bath · New York · Cologne · Melbourne · Delhi
Hong Kong · Shenzhen · Singapore · Amsterdam

Das Königreich von Arendelle war ein geschäftiger, friedlicher Ort und lag verborgen in den Bergen des hohen Nordens. In der Nacht zauberten die Nordlichter wunderschöne Farben an den Himmel.

Arendelle wurde von einem König und einer Königin regiert. Ihre beiden Töchter Elsa und Anna waren die Freude ihres Herzens. Doch plagte das Königspaar insgeheim eine Sorge.

Ihre ältere Tochter Elsa besaß magische Zauberkräfte. Sie konnte Dinge gefrieren lassen und Schnee erschaffen – mit ihren Händen.

Die jüngere Tochter Anna bewunderte ihre ältere
Schwester. Die zwei waren unzertrennlich. Eines
Nachts überredete Anna ihre ältere Schwester Elsa,
sich in die große Halle des Schlosses zu schleichen
und dort eine Winterlandschaft zu erschaffen.

Beim Spielen traf Elsa ihre jüngere Schwester versehent-
lich mit einem magischen Eisstrahl. Die kleine Anna fiel
zitternd zu Boden. Eine weiße Strähne bildete sich in ihrem
Haar. Voller Angst um ihre Schwester rief Elsa um Hilfe.

Das besorgte Königspaar eilte mit seinen Töchtern in das
Reich der Trolle. Die Trolle besaßen magische Heilkräfte.

Ein weiser alter Troll sprach zu Anna: „Glücklicherweise wurde dein Herz nicht getroffen. Das Herz lässt sich nicht so leicht verändern, aber dein Verstand kann beeinflusst werden. Wir sollten deshalb alle Magie auslöschen, selbst die Erinnerung daran. Dann bist du sicher."

Der alte Troll konnte Anna heilen, indem er all ihre Erinnerungen an die Zauberkraft auslöschte. Nun konnte sie sich nicht mehr an Elsas magische Kräfte erinnern.

Die Trolle warnten das Königspaar: „Die Angst ist von nun an Euer ständiger Begleiter."

Zu Hause in Arendelle war das Königspaar besorgter denn je. Sie verschlossen die Türen des Schlosses und lehrten Elsa, ihre Kräfte zu kontrollieren, sodass niemand etwas davon erfahren würde. Aber sobald Elsa wütend war, brachen die Kräfte wieder aus ihr hervor. Nur mit Handschuhen konnte sie ihre Kräfte im Zaum halten.

Elsa beschloss, sich von ihrer Schwester fernzuhalten, um sie zu schützen.

Die Schwestern wuchsen heran. Anna versuchte
immer wieder, mit ihrer Schwester zu spielen, aber
Elsa wies sie zurück und gab vor, beschäftigt zu sein –
aus Angst, sie könnte Anna wieder etwas antun.
Als Jugendliche hatten sich die Mädchen schon
völlig entfremdet. Da kamen ihre Eltern bei einem
Seesturm auf tragische Weise ums Leben. Die beiden
Mädchen fühlten sich einsamer als je zuvor.

Als Elsa alt genug war, wurde sie zur neuen Königin
gekrönt. Für einen einzigen Tag wurden die Tore des
Schlosses geöffnet, um die Krönung zu feiern.

Anna war ganz aufgeregt, so viele Menschen zu
treffen – besonders den gutaussehenden Prinzen Hans.

Elsa kämpfte damit, ihre Kräfte zu verbergen. Sie hoffte, den Tag zu überstehen, ohne dass jemand etwas davon merkte.

Zu Elsas großer Erleichterung verliefen die Feierlichkeiten wie geplant. Alle jubelten ihrer schönen neuen Königin zu.

Anschließend gab es im Festsaal eine Feier. Anna und Prinz Hans verbrachten den ganzen Abend miteinander, sie lachten, tanzten und redeten. Sie hatten so vieles gemeinsam und passten einfach perfekt zueinander. Am Ende des Abends trafen sie eine Entscheidung.

Anna stellte Hans ihrer Schwester vor und verkündete ihre Heiratspläne.

Elsa war entsetzt. „Man kann doch keinen Mann heiraten, den man gerade erst kennengelernt hat!"

„Doch, kann man, wenn es wahre Liebe ist", entgegnete Anna.

Aber Elsa wollte davon nichts hören.

„Meine Antwort lautet nein", sagte sie entschlossen. „Die Feier ist beendet."

Elsa wollte gerade den Festsaal verlassen, als Anna nach ihrer Hand griff – sie wollte mit ihr sprechen. Aber Elsa drehte sich weg und Anna zog ihr aus Versehen den Handschuh aus.

Anna wollte nicht locker lassen, sie war enttäuscht und verärgert. „Warum behandelst du mich nur so unge recht?", fragte sie Elsa. „Ich kann so nicht länger leben!"

„Genug!", rief Elsa. Ein Eisstrahl
schoss aus ihrer ungeschützten
Hand und bedeckte den
ganzen Saal. Alle starrten sie
mit Schrecken an.

Elsa rannte aus dem Schloss, verzweifelt darüber, dass ihr Geheimnis nun entdeckt worden war und voller Angst, dass sie jemanden verletzen könnte. „Haltet euch von mir fern!", rief sie.

Während Elsa lief, gefror alles um sie herum zu Eis. Sie setzte ihren Fuß in den Fjord und augenblicklich bildete sich darauf eine dicke Eisdecke. Alle Schiffe froren ein. Elsa drehte sich noch einmal um und rannte Richtung Berge.

Sie erreichte die Berge. Hier war niemand, auf den sie Rücksicht nehmen musste. Zum ersten Mal in ihrem Leben konnte sie ihren Kräften freien Lauf lassen. Sie fühlte sich frei. Ein Schneesturm wirbelte um sie herum und sie verwandelte ihr Kleid in ein Gewand aus Eis.

Am Gipfel eines Bergs erschuf sie einen gewaltigen, glitzernden Eispalast. Endlich konnte sie der Mensch sein, der sie wirklich war.

Elsas Schneesturm hatte ganz Arendelle mit Schnee bedeckt. Die Menschen gerieten in Panik, denn es war mitten im Sommer. Anna wusste, dass sie Elsa finden musste, um das Land zu befreien. Und sie wollte ihre Schwester zurückhaben.

Anna beauftragte Hans, sich um das Königreich zu kümmern und machte sich selbst auf in die Berge. Der Sturm machte ihr zu schaffen, dann warf ihr Pferd sie auch noch in den Schnee ab. Glücklicherweise entdeckte sie vor sich ein kleines Gebäude.

Das Gebäude war der Krämerladen und die Sauna
von Oaken. Anna stürmte hinein und griff sich Stiefel
und warme Kleidung.

Auch ein junger Mann namens Kristoff war dort,
um sich für den Winter auszurüsten. Er sagte, dass
der Sturm vom Nordberg ausginge.

Anna fing an, ihm Fragen zu stellen. Wenn der Sturm vom Nordberg her kam, würde sicherlich auch Elsa dort sein.

Aber Kristoff hatte gerade mit dem Feilschen um seine Ausrüstung zu tun. Mürrisch stieß er hervor: „Immer langsam, erst mal muss ich mit diesem Gauner hier fertig werden!" Der beleidigte Ladenbesitzer warf Kristoff hinaus in den Schnee.

Das brachte Anna auf eine Idee. Sie fand Kristoff mit seinem Rentier Sven im Stall und bot ihm an, für seine Ausrüstung zu sorgen. Im Gegenzug sollte er sie zum Nordberg bringen.

Kristoff willigte ein. „Wir brechen im Morgengrauen auf."

„Nein", sagte Anna. „Wir brechen sofort auf."

Anna und Kristoff kletterten in einen Schlitten und Sven begann, sie hoch in die Berge zu ziehen. Zu Beginn war die Reise noch recht angenehm. Anna erzählte Kristoff alles über Elsa und was in Arendelle passiert war. Doch plötzlich waren sie von einem Rudel Wölfe umringt.

Anna und Kristoff kämpften gegen die Wölfe. Sven blieb nichts anders übrig, als über eine Schlucht zu springen, um den Raubtieren zu entkommen.

Dabei krachte der Schlitten gegen die Felsen. Zum Glück blieben Anna, Kristoff und Sven unversehrt.

Die drei gingen zu Fuß weiter. Sie erreichten eine wunderschöne Winterlandschaft. Anna konnte es gar nicht erwarten, Elsa zu finden – sie wollte alles über die fantastischen Kräfte ihrer Schwester erfahren.

„Ich wusste nicht, dass der Winter so schön sein kann", sagte Anna.

„Aber es ist so weiß", hörte sie eine Stimme sagen. „Wie wär's mit etwas Farbe? Ich dachte an Rot oder Grün."

Es war ein lebendiger Schneemann.

„Ich bin Olaf", sagte er und erklärte, dass Elsa ihn erschaffen hatte.

Anna schenkte Olaf eine Karottennase und bat ihn, sie zu ihrer Schwester zu führen. „Wir brauchen Elsa, um den Sommer zurückzuholen."

Olaf grinste. „Ich wollte schon immer mal den Sommer sehen", sagte er. „Die warme Sonne im Gesicht, schön gebräunt. Einfach nur das tun, was man eben so tut als Schneemann im Sommer."

Anna und Kristoff dachten dasselbe: Sommer ist *nicht* gerade das Richtige für einen Schneemann.

Der Pfad in den Berg wurde immer steiler. Zum Glück entdeckte Olaf eine Treppe aus Eis, die direkt zu Elsas Palast führte.

„Oh!", rief Anna staunend, als sie oben ankamen. Der Palast war wunderschön.

Sie erreichten die Eingangstür und Anna klopfte an. Einen Moment später öffnete sich die Tür.

Elsa war besorgt, als sie Anna sah. Sie wäre gern mit ihrer Schwester nach Hause zurückgekehrt, aber sie wusste, dass nichts mehr sein würde wie früher, nachdem ihr Geheimnis gelüftet wurde. Sie wusste auch, wie gefährlich ihre Kräfte sein konnten.

„Du solltest besser gehen, Anna", sagte Elsa. „Es tut mir so leid, aber es muss sein."

Anna erwiderte, dass es in Arendelle immer noch eiskalt war. Wenn Elsa sie nicht begleitete, würden alle erfrieren.

Angsterfüllt gab Elsa zu, dass sie nicht wüsste, wie sie ihre Kräfte beherrschen könnte.

Anna war davon überzeugt, dass sie es gemeinsam schaffen würden. Elsa hielt das für unmöglich. Sie war eine Gefahr für alle.

Elsa wurde von ihren Gefühlen überwältigt. Ihre Kräfte brachen aus ihr heraus – und trafen Anna mitten ins Herz.

Anna wollte immer noch nicht gehen, sie war sich sicher, dass sie ihrer Schwester helfen könnte. Aber Elsa bestand darauf und schuf einen riesigen Schneemann, der Anna, Kristoff und Olaf hinausbringen sollte.

„Du hast mir ein Brüderchen geschenkt", sagte
Olaf glücklich zu Elsa. Er drehte sich zu dem riesigen
Schneemann um. „Ich nenne dich Marshmallow."

Elsa befahl Marshmallow, Anna und ihre Freunde vom
Berg herunter zu führen. Doch als Anna ihn mit einem
Schneeball bewarf, jagte er plötzlich hinter ihnen her.

Die Freunde rannten, bis sie an einen Felsvorsprung
kamen und ließen sich mit einem Seil hinab. Marshmallow
griff das Seil und begann, sie nach oben zu ziehen. Da griff
Anna nach ihrem Messer und schnitt das Seil durch.

Anna, Kristoff und Olaf landeten sicher in einer Schneewehe. Aber irgendetwas stimmte nicht mit Anna. Ihr Haar fing an, weiß zu werden.

„Was ist passiert? Was hat sie dir angetan?", fragte Kristoff.

Anna erklärte, dass Elsa sie mit ihrer Zauberkraft
getroffen hätte.

Kristoff wusste, was zu tun war. Er hatte Freunde,
die sich mit allem auskannten. Sie könnten Anna
helfen.

Bei Einbruch der Dunkelheit erreichten sie das Reich der Trolle. Als die Trolle Kristoff sahen, kamen sie aus ihrem Versteck hervor. Als Kristoff klein war, war er oft bei ihnen, er gehörte praktisch zur Familie.

Ein alter Troll berührte Annas Haar und wusste gleich, dass sie verletzt worden war.

„In deinem Herzen steckt ein Stück Eis von deiner Schwester", sagte der alte Troll. Er erklärte, dass Anna für immer zu Eis gefrieren würde, wenn der Zauber nicht innerhalb eines Tages aufgehoben würde. „Nur der Akt der wahren Liebe kann ein gefrorenes Herz auftauen."

Sie beschlossen, Anna nach Hause zu bringen. Bestimmt könnte Prinz Hans den Bann mit einem Kuss brechen.

Inzwischen war Annas Pferd daheim in Arendelle ohne sie aufgetaucht. Hans hatte Helfer zusammengetrommelt, um Anna zu suchen.

Als Hans' Truppe am Eispalast ankam, wollte Elsa sich wehren. Aber beim Kampf wurde sie von einem herabfallenden Eisstück getroffen, sodass sie überwältigt und nach Arendelle gebracht werden konnte.

Kristoff und Anna ahnten nichts von dem, was in Elsas Eispalast geschah. Kristoff brachte Anna zum Schloss in Arendelle und überließ sie den Dienern.

Er bemerkte, dass ihm Anna nicht gleichgültig war. Aber er wusste, dass sie in großer Gefahr schwebte und dass nur ihre wahre Liebe – Hans – sie retten könnte.

Die Diener entzündeten ein Feuer im Kamin, um Anna zu wärmen, doch von Minute zu Minute wurde sie kälter.

Anna war überglücklich, als Hans hereinkam. Sie erklärte, dass nur ein Kuss von ihm sie retten könnte. „Nur der Akt der wahren Liebe kann mich retten", sagte sie.

Aber Hans hatte nicht vor, sie zu küssen. „Es könnte gar nicht einfacher sein", sprach er und lachte höhnisch.

Dann löschte er das Feuer mit Wasser. Er gestand, dass er nur vorgegeben hatte, Anna zu lieben, damit er selbst über Arendelle herrschen könnte.

Anna war fast erfroren und sein Traum zum Greifen nahe. Jetzt musste er nur noch Elsa loswerden.

„Das kannst du nicht!", rief Anna. Sie brach auf dem Boden zusammen und Eis breitete sich über ihren ganzen Körper aus.

Elsa war mittlerweile im Verlies des Schlosses ein-
gesperrt. Sie dachte nur daran, dass sie das Königreich
verlassen müsste, um alle vor ihren Kräften zu schützen.
Sie sorgte sich um Anna und wusste nicht, dass sie auch
in Arendelle war.

Elsa regte sich so sehr auf, dass sie die Kontrolle
über ihre Kräfte verlor. Das entstandene Eis brachte das
Verlies zum Bersten und Elsa konnte fliehen.

Im selben Moment half Olaf Anna auf die Beine, um nach draußen zu kommen. Der kleine Schneemann hatte erkannt, dass Kristoff Anna liebte und dass sein Kuss sie retten könnte.

Anna sah, wie Kristoff auf sie zulief und sie begann, sich in seine Richtung zu bewegen. Aber da sah sie noch etwas anderes – Hans wollte Elsa mit seinem Schwert töten. Er hatte ihre Flucht aus dem Verlies bemerkt.

Mit allerletzter Kraft warf sich Anna vor Elsa. Hans'
Schwert sauste genau in dem Moment auf Anna
herab, als sie komplett zu Eis gefror. Mit einem lauten
Klirren zersplitterte das Schwert.

Elsa weinte, als sie ihre Schwester umarmte. „Oh, Anna", schluchzte sie.

Einen Augenblick später geschah etwas ganz Seltsames. Anna begann zu tauen. „Elsa?", flüsterte sie.

„Hast du dich wirklich für mich geopfert?", fragte Elsa. Anna nickte schwach.

„Der Akt der wahren Liebe kann ein gefrorenes Herz auftauen", sagte Olaf.

Durch ihr Opfer hat Anna ihrer Schwester Elsa gezeigt, dass Liebe stärker ist als Angst.

Plötzlich erkannte Elsa, dass sie ihre Kräfte nur durch Liebe beherrschen konnte. Sie hob ihre Arme und das Eis und der Schnee schmolzen.

Aber auch Olaf schmolz. Elsa erschuf schnell für ihn eine kleine Schneewolke.

„Das ist der schönste Tag in meinem Leben!", sagte er.

Der Sommer war zurückgekehrt, die Schiffe segelten in ihre Heimat zurück und alles in Arendelle war wieder so wie früher.

Anna ersetzte Kristoffs Schlitten und seine Ausrüstung. Aber er wollte gar nicht mehr gehen – besonders, als Anna ihn mit einem Kuss überraschte.

Elsa schuf im Schloss
eine Eisfläche zum Schlitt-
schuhlaufen und öffnete die Tore
des Schlosses. Sie sollten nie wieder
geschlossen sein.

Allen gefiel es, mit Königin Elsa und Prinzessin Anna
Schlittschuh zu laufen. Das Königreich von Arendelle war
wieder ein friedlicher Ort.

Anna und Elsa wussten, dass nie wieder etwas zwischen ihnen stehen würde.